KB106827

카시오페이아 별자리

카시오페이아 별자리

문혜관 외

불교문예작가회 사화집 005

불교문예

곱게 물든 단풍이 봄꽃보다 아름답다고 했던가요. 경이롭게 내밀던 봄의 이파리들이 한 생을 잘 살고, 이별 앞에 곱게 단장한 10월 하순입니다.

이 아름다운 날에 임진강 가에 자리한 헤이리 예술인마을에서 시화전과 낭송회를 열게 되어 무한한 감사의 말씀을 드립니다.

헤이리 예술인마을은 예술가들의 손길로 가꾸어진, 자연과 공존하고자 하는 사람들과 정성이 살아 숨쉬는 친환경 공간이며 예술의 고향입니다.

가을 하늘 아래, 갈대밭을 배경으로 그동안 갈마한 여러분들의 작품이 나부끼는 모습을 보며 나눔의 시간을 갖게 되어 더욱 뜻깊습니다. 이런 계기를 통해 창작 의욕을 북돋고 더불어 화합의 장이 되었으면 합니다.

헤이리 예술인마을에 전시한 작품은 불교문예작가회 다섯 번째 사화집 『카시오페이아 별자리』로 발간됩니다.

참여해 주신 문우님들께 거듭 감사의 마음을 전하며 이 가을 여러분 모두에게 문학의 향기가 가득하기를 바랍니다. 감사합니다.

2023년 10월
불교문예작가회장 문혜관

차례

2부

3부

4부

5부

1부

송별

경 허

멀리 떠나는 그대에게 시를 주어 보내려니

눈물이 먼저 앞서는구나

사람살이 백년이 여관 같거니

끝내 내 고향이 그 어디인고

먼 산굴에서 조각구름 나오고

긴 물가에 지는 해가 내리네

인간의 일을 손꼽아 세어보나니

아득해라 모두가 시름뿐이네

꽃 잔치

권혁수

오늘은 누구의 생일인가
재개발지역 풀숲에 잔칫상이 놓여 있다
모서리가 깨진 나무밥상에 들꽃들이 빙 둘러앉아
풀벌레가 부르는 축가를 듣는다

사람이 없어 향기로운 재개발지역
들장미 엉겅퀴 코스모스 달맞이꽃⋯⋯
어제 보고 오늘 또 보는

풀벌레가 먹다 남긴 꽃잎 나풀나풀

어디 오라는 곳 없으면 와서 껴앉으라고
차린 건 없지만 향기나마 한 술 뜨자고

나를 부르네
나를 세우네

어느 날

권현수

내가 버린 하루를
공차기 하는 너

지나가는 바람결에
마른 대이파리 흩날린다

5월인데.

시 2

김동임

창문에 쿵, 받히는 소리가 나 밖을 내다보니
새 한 마리가 쓰러져 있다
곧 일어나 날아가겠지 했는데 숨이 잦아들고 있었다
뛰어나가 가슴에 손을 얹어 콩닥콩닥 호흡을 도우니
눈에 생기가 돌며 고개를 갸웃갸웃 움직여본다
괜찮은가 보다 한데 내 손에서 떠나려 하지 않는다
많이 아프고 놀랐을 것이다
나는 앞마당 화단으로 데리고 가 살포시 앉혀놓고 들어온다
한참 후에 나무 위로 날아올랐다

오늘은 새가 와서 기쁜 날이다

아름다운 명화

김란희

박달동 시민공원 산책로

휠체어 한 대 조심조심 움직인다

앉아있는 할머니와 힘겹게 미는 할아버지

곱게 피어난 검버섯

살아온 더께가 성스럽다

저들의 어깨에

낙엽이 가만히 내려앉는다

아마 평생을 잘 견디어준 칭찬일 것이다

서쪽으로 기우는 해가

두 노인을 따뜻하게 비추고 있다

나는 지금

야외 갤러리에서 움직이는

명화 한 점 감상하고 있다

나무성자

김명옥

두 그루의 나무가 있었다
한 나무에는 영양제를 주고
한 나무는 그냥 두었다

한참 후에 영양제를 주지 않은
나무의 뿌리 성분을 검사했더니
주지도 않은 영양제 성분이 나왔다고 한다
나무끼리 아무도 모르게 사랑을 나눈 것이다
욕심따라 걸어온 나의 길이 화끈 거린다

그 이후 숲에 들면
단 둘 뿐인 손을 모은다
거룩하신 나무성자들에게

가을 연지에서

김미형

생의 마지막을 볕바라기 하고 있다
야윈 목덜미로 간신히 연밥을 받들고
몸을 추스르지 못한다
스치는 바람에도 무심하지 못했던 봄 여름
연잎들이 온통 상처투성이다
간간이 서걱거리는 소리가 텅 비었다
바람도 고개를 숙이고
그 상처가 덧날까 봐 살근거리지 않는다

꽃을 피운 그날도
마주 보고 팽팽했던 그날도
모두 보듬는 저물녘이다

폭설, 사람의 온도를 갖고 싶다니

김밝은

우크라이나로 돌진한 침략자처럼 무자비한,
눈발이 휘몰아치고 간 뒤

나무 한 그루
바라보는 집 한 채

눈 속에 옴팡지게 들어앉아 있는
남녘의 풍경 하나를 올려 보내왔다

저토록 고립무원에 홀로 갇히면
사람이 다시 사무치게 그리워질까

아랫집 영수

김보민

오늘 저녁 굿판에서 나온 굿 떡 한 시루
대문 너머로 던져두는 아랫집 영수

지난 장마 때 죽은 어멈 생각에
올라오는 눈물을 삼키고 있다

어멈이 머물던 안채 문지방에 기대
흘러가는 구름을 말없이 바라보는 영수

검게 그을린 턱을 돌리고 앉아
풀죽은 아비를 안쓰럽게 바라본다

어멈이 심어 놓은 뒤란 작약
올해도 맑은 얼굴 내밀며 웃고 있는데
환한 꽃송이가 어멈의 얼굴처럼 다정하고 포근하다

겨울 바다

김서희

이별도 사랑도 다 두고 오랬다
바람에 날려버릴 사연만 가지고 오랬다

발밑으로 잦아드는 물빛 미련일랑
모래 털어내듯 툴툴 털고 가랬다

밀려와서 밀려가는 겨울 파도 한 자락
치맛자락 펼치듯 쫘-악 펼쳐지는데
마음 하나도 그렇게 새로이 펼치라 했다

버릴 수 있는 건 다 버리고 가는 거라고
얼굴에 부딪는 세찬 눈바람이 그랬다

운판

김선아

새 한 마리, 산문에 드는데

배춧잎 하나 떠내려왔습니다.

절간에서 마음 자락을 저리 흘려보내다니

발길을 돌려야 했습니다.

그걸 보고 헐레벌떡 뭉게구름이 달려와

배춧잎을 건져갔습니다.

그 구름 속으로 날아오르는 점 하나

하늘 가장자리에 보였습니다.

앞마당 풍경

김선희

바지랑대에 졸고 있는 고추잠자리

심심한 바람이 흔들어 놓고 달아난다

고구마밭에서 뒤집어썼던 흙을 털어내고

매미처럼 탈피를 한 식구들의 거죽이

빨랫줄에 매달려 그네를 타고 있다

티셔츠 가슴팍에 박힌 커다란 홍점알락나비 그림이

반으로 접혀서 매달리고

잔잔한 꽃무늬 고무줄 바지는

붙잡힌 허리가 떨어질까 빈 다리를 허우적거린다

빨랫줄 맨 끝에 자리 잡은 속옷들과

빨래집게에 매달린 양말들은 자기 짝을 찾느라 수런거리고

짓궂은 바람이 한 번씩 지나가면

모두 빨랫줄에 매달려 허공을 휘젓는다

저물녘 앞마당 소나무 위에는

초여름 둥지를 튼 때까치가 빈 둥지를 지키는 가을 저녁

길

김소월

어제도 하룻밤

나그네 집에

까마귀 가왁가왁 울며 새었소

오늘은

또 몇십리

어디로 갈까

산으로 올라갈까

들로 갈까

오라는 곳이 없어 나는 못 가오

말마소 내 집도

정주곽산

차 가고 배 가는 곳이라오

여보소 공중에

저 기러기
공중엔 길 있어서 잘 가는가?

여보소 공중에
저 기러기
열 십자 복판에 내가 섰소

갈래갈래 갈린 길
길이라도
내게 바이 갈 길은 하나 없소

뼈대의 힘

김수원

가족사진 액자를 떼어낸 자리 하얀 뼈 자국이 드러난다
땀내 나는 가장의 작업복 속에
군살이 없는 뼈대로 한 채의 집을 지은 형상이다

산다는 건 이런 것일까
가난살이에 가족을 위한 노역으로
뼛골에서 진한 땀을 흘린 세월의 깊이로 불거진 골격
못 하나에 지탱한 삶으로 생활의 무게에 짓눌린 고통 속에
탈골된 한쪽 어깨로 액자 모서리가 어긋나 있다

노을에 비낀 등뼈로 벽을 지고
야윈 가슴에 가족을 품은 아버지
방 한가운데 생의 자취를 드러낸 액자식 소설을 읽는다
하얀 그림자로 빛바랜 자리에 네 귀를 맞춰 가족사진을 건다
뼈대의 힘이 지키는 균형 속에 선한 인격으로 집이 바로 선다

열꽃

김순애

배롱나무에 꽃이 피기 시작해
백일 동안 이어달리기를 해야 해

피고 지고, 지고 피고
꽃이 다 지는 날
농부는 벼가 통통하다고
알곡의 기쁨에
빈 배롱나무는 눈에서 멀어져 가지

네가 떠난 자리 내가 꽃이 되고
내가 떠난 자리 네가 꽃이 되어
정어린 그 눈빛들이 가을 속으로 낙화해도
잊지 말아야지

다음 생으로 이어질 삶에
바통을 넘겨주기 위해
우린 온몸을 열꽃으로 태워야 해

물결

김시림

살과 살

꼭 맞대고

물비늘로 반짝이며

흐르는 저 강물

당신과의 한때처럼

함께 포개 그윽하다

한번 놓치면

영영 멀어져

시시때때로 그리워할

잔물결들

서로를 어루만지며

노심초사

아득한 물길을 걷고 있다

영혼의 도약을 위한 불안의 노래

김세연

 죽은 허물을 벗고 날아가는 나비처럼, 죽음은 새로운 생명을 탄생시킨다. 시민군의 슬픈 희생이 다음 세대를 위한 정신적 유산을 남겼듯이 말이다. 불안은 고통스럽지만 영혼의 도약을 위한 밑거름이 된다. 이것을 알기에 우리는 끊임없이 절망의 한 가운데를 헤맨다. 비록 그것이 우리를 완전히 구원하지 못한다 하더라도.

  — 소설 「영혼의 도약을 위한 불안의 노래」 중에서

달

김영랑

사개를 인 고풍의 툇마루에 없는 듯이 앉아
아직 떠오를 기척도 없는 달을 기둘린다
아무런 생각 없이
아무런 뜻 없이

이제 저 감나무 그림자가
사뿐 한 치씩 옮아오고
이 마루 우에 빛깔의 방석이
보시시 깔리우면

나는 내 하나인 외론 벗
가냘픈 내 그림자와
말없이 몸짓 없이 서로 맞대고 있으려니
이 밤 옮기는 발짓이나 들려오리라

하늘숲

김영성

산속 호수
오르는 길에 펼쳐진
드넓은 하늘

눈부시게 물결치는 햇살
연파랑 나뭇잎들이 춤을 춘다

향기가 가슴을 적실 때
나는 하늘숲 문으로 들어선다

소牛

김용락

이번 여름 장마에 강이 범람하여

촌마을을 휩쓸었다

우사에 있던 소 수십 마리가 미처 피하지 못하고

목만 황토물 위에 내놓은 채

그 순박한 눈만 하늘을 보며 꿈뻑거린다

큰 눈에는 불안이 스쳐간다

어쩌면 삶과 죽음의 경각인데도

소는 코뚜레도 있고 목줄에 묶여

쇠창살문을 열고 탈출하기 어렵다

소는 황토색 강물에 몸을 싣고 헤엄쳐

멀리 어디라도 가고 싶다

자유를 얻고 싶다

강물에 떠내려가면서 흰 구름도 보고

굽이치는 큰물에서 밀려나온 개구리와 메뚜기

둥실 떠내려오는 참외 수박도 보고 싶다

그러나 묶여 있는 소는 꿈쩍을 못 한다

2부

소금인형

김원희

소금인형이 바다를 흠모하기 시작했네
멀리서 출렁이는 파도는 심장을 뛰게 했고
부서지는 흰거품은 뇌리에서 지워지지 않았네

적막한 달빛이 찬란히 출렁이는 밤
그는 평생 갈망하던 푸른 바다에
한 발을 내딛었네

찰라, 발은 사라지고
온몸이 물살에 휩쓸린, 그 절체절명의 순간
소금인형은 깨달았네
내가 곧 바다였어, 네가 나였구나

케나가 노래할 신기루
— Homo opiniosus*

김추인

가리라 내 안식의 땅, 아득히 외 발자국 길을 내어 침묵을 찍다가 낙타처럼 내가 모래 위에 무릎 꿇고 말 열사의 땅

살아 지금, 세상 소란하게 한 혀
살아 지금, 먼지 분분케 한 다리
살아 지금, 찌꺼기 산이 되게 할 몸
꽁꽁 묶어 달고
한 덩이 의태이던 육신
모래의 땅에 내어 널리라
개미떼 매뚜기떼 주린 이빨들 불러 뼈 한 자루의 악기로 남으리라 하얗게 웃으리라

모래 덤에 반쯤 묻혀 반쯤만 정신의 눈을 뜨고 아라비아의 왕자라도 지나가면 휘파람을 불리라 케나Quena, 뼈의 피리로 신기루의 곡을, 살아 불러보지 못한 사랑의 세레나데를

*호모코메르시움(homo commercium): 교류하는 인간.

여명黎明

김현지

그대가 오늘도 나를 지나가네요

돌아도 보지않고 그냥 가네요

그대 그렇게 무심히 나를 또 지나가 버렸으나

내 눈부심을 한사코 지워 버렸으나

나는 날마다

내게로 다가오는 그대를 봅니다

미술관 옆 저수지

나고음

미술관 나와서 저수지 가는 길
줄지어 선 측백나무 가로수 잎이 살랑살랑 책장을 넘기며
초록 책갈피 속에 내가 본 그림을 하나 하나 새기고 있다
허백련, 도상봉, 권옥연… 반갑고 귀한 작품들이
별처럼 반짝이는 화집이 된다

관람객 없는 미술관
한 사람을 위해 불을 켜 준 따뜻한 얼굴을 뒤로 하고
작품으로만 흠모하던 큰 별들과 함께 걷는 시골길

저 별들은 오늘 밤 미술관을 내려다보며 무슨 얘길 하고
있을까
청보리가 꽃보다 아름답다

시어골 단상

동 봉

경기도 광주 너른廣 고을州

한반도 도읍지로 알맞다 하여

재고 재고 또 재어 되재가 되고

도척都尺이라 이름 한 곳

더없이 상서祥로운 숲길林이 한 자락으로 끝나는 곳

쉬어가고 싶은 시어골이 산문을 연다

전하는 말에

십대 피난지에다 팔대 명승지라고 하지

우거진 숲이 마음을 붙잡아

그 다음 날이 되어서야 돌아오는 메아리

우리절 뒤편

절골 불당골이 있고 정광불이 주석하던 도량

태화산 정광봉이 우뚝 솟았다

새벽

청량한 수탉 울음에 오늘도 잠에서 깬다

인생사

대 우

문틈에 우는 바람 달래고 잠재운 건
들보나 기둥 아닌 문풍지 한 장이어
인생사 꿈의 무게도 이런 것이 아닐런지

흐린 물 마실 수는 없어도 불은 끄고
오줌똥 논밭에는 거름이 되는 것을
인생사 세상살이도 이런 것이 아니런가

글로벌 레시피

두마리아

중국산 고사리 도라지를 볶아내고
한국산 콩나물 시금치를 무쳐서
인도산 참기름 넣고 수단 통깨 뿌려주고

미국 좁쌀 중국 팥 우리 찹쌀로 지은 밥
아홉 가지 나물에 보름달 고명 썩썩 비비니
세계가 한입에 들어온다 크게 한 숟가락

전생다방

마선숙

삶이 진저리쳐져 서울을 떠난다
완도 포구를 뱃사람처럼 뒷짐지고 기웃거린다
종점여인숙, 아무나다방, 궁전모텔, 전생다방

다방 문 밀고 들어가 전생을 불러들인다
이 삶에서 곤죽처럼 두들겨 맞은 건
양잿물처럼 독한 전생 때문이리

밤마다 가려움증으로 잠을 설치는 건
세상의 허벅지를 찔러서일까

전생이 날라 준 차 한 잔 빈방처럼 서늘하다.
녹슨 새처럼 날지 못하는 삼생이
세월 넘어 나를 구경한다

남남북녀

문창길

남자는 떠난 여자와

여자는 떠나지 않은 남자와

세월이 함께 흐르는 곳에서

물 같은 또는 피

피 같은 또는 물

역전으로 가는 몇대의 버스에

그만큼의 밀어를 실어 보낸다

우우 바람 속에 서서

여자의 시집 속에 담겨지는

샤갈의 그림 한 점

반가유상

문혜관

금촌 오일장
골동품 파는 할아버지 리어카에서
반가유상이 명상하고 있었다

반가유상 얼만가요?
백 이십만 원은 줘야 합니다

더 싸게는 안 되나요?
금동불인데 비싼 부처님입니다

비싼 부처님이면 깨달은 부처님입니까?
하하 아이고! 스님 요즘 깨달은 부처 구하기가
그리 쉽지 않아요

난 종일 사유하는 반가유상을 싣고 다니는 할아버지가
깨달음을 알아보는 안목이 있는
진짜 부처의 화신임을 느꼈다

보헤미안

박병대

저녁노을

물들어 가는 구름

형상은 제각각이어도

조화롭다

풀어지며 비상하는 추임새

등뼈 같은 구름은

하늘 떠받드는 기둥 같고

끝없이 흘러가는

정릉천 물줄기 같은 구름

바람에 순응하는 평화로운 하늘길

무념의 발걸음이 저와 같다

달팽이 경전

박분필

어머니 사십구재 끝나는 날
명주달팽이 한 마리 내 텃밭으로 들어오신다
뿔이 슬쩍 풀잎에 꿰어있는 이슬을 들이 받자
이슬이 유리알처럼 깨진다
텃밭에는 어린 배춧잎들이 한창 옹알이 중인데 헐렁한
바랑을 짊어진 채로 어린 배춧잎을 맛나게 드신다
먹는 것이 성불이요 자는 것이 열반이라 했으니…
실컷 드시라고 나는 밥상머리를 지켜드리는데

큰스님이니라, 어머니 목소리 들린다
공양을 끝낸 명주달팽이
가뿐하게 바랑을 다시 고쳐 매고 뿔을
휘저으며 생의 목적지를 향해 길 떠나시는데
여시아문如是我聞 하사오니……
멀어져가는 바랑에서 금강경 소리 낭랑하다

저 절로 가는 길

박수빈

놀이공원 보며 매운탕 집 거쳐
계곡에 오욕五慾을 담근 사람들

푸성귀 파는 할머니들
걸인의 햇볕 달궈진 동전에
나는 아홉 마디 구절초

저절로 가는 길 없이
발길에 차이는 돌부리
백 년도 못 사는 굽이굽이

일주문 앞 낯선 바람
눈을 부릅뜬 사천왕
추녀 끝의 풍경 소리

봉숭아꽃 뒤편

박옥수

여름이 한창인 칠월
아파트 화단에 빨강, 주황, 분홍의 네일 샵이 열렸다

해마다 친정집 장독대 근처에도
봉숭아꽃이 피어났다
그 경계 너머 채전은 어머니의 피눈물이 묻혀있는 곳,

일본집이라 불리는 김가네와 땅 소유권을 놓고
수십 년간 입에 거품을 물고 싸우다
끝내, 목숨 같은 땅은 먹물 힘에 꼬꾸라졌다

겹겹이 쌓인 한을 봉숭아꽃에 대롱대롱 매달았을까
그녀의 피눈물이 뚝뚝 떨어진다

묵묵히 지켜보며 입술을 깨물었을 꽃,
오늘따라 노을이 봉숭아꽃밭에 오래 머물러
붉은 눈물 뿌리고 간다

마음속에 조등을 너무 오래 걸어 두었다

썰물

박 향

바위섬에 앉아
신을 벗었다

번쩍이며 달려오던 서슬 퍼런 파도
처절썩 바위섬에 부딪혀 물보라 된다

모래 한 줌 움켜쥐지 못한 파도
빈손 털며 돌아간다

내 신발
남겨 둔 채로.

박각시 오는 저녁

백 석

당콩밥에 가지냉국의 저녁을 먹고 나서

바가지꽃 하이얀 지붕에 박각시 주락시 붕붕 날아오면

집은 안팎 문을 횅하니 열젖기고

인간들은 모두 뒷등성으로 올라 멍석자리를 하고 바람
을 쐬이는데

풀밭에는 어느새 하이얀 대림질감들이 한불 널리고

돌우래며 팟중이 산 옆이 들썩하니 울어댄다

이리하여 한울에 별이 잔콩 마당 같고

강낭밭에 이슬이 비 오듯 하는 밤이 된다

다보탑

손정애

두 뼘의 하늘

보이는 것에 들썩이는 가슴은 어쩔 수 없다
뾰족한 기다림 그 끝에서 마주한 바람은 다보탑을 품는다

기나긴 세월 속
끝나지 않은 역사의 중심에서 찾아보는 발자취에 주저앉는다

자존감으로 엮어 가는 내일
손끝으로 잡아 온 역사에 역사가 입혀지고
500유순의 영락이 보배로다

무량한 두 손 염원이 창공을 메우며
동전 속 다보탑의 영역만큼 가려진
분주한 여정의 길

우금宇今에서 이어져 현재를 넘고 있다

달밤

승 한

누군가
북을 두드린다
북채도 없이
밤새
두드린다
소리 없는 소리가
나를 적신다
너무 젖어서
외롭다

금요일 밤의 웃음

신서영

퇴근 후 양말을 벗으며 굳이 냄새를 맡는다
싫지만 좋은 고약한 향기
빨래 바구니로 똑 떨굴 때 묘한 쾌감이 있다

느지막이 저녁밥을 먹고 예능 프로그램을 보며
부러 더 크게 웃는다
옆집 아주머니가 던지는 욕 한마디쯤 각오하고
긴장을 버린 늘어진 몸으로 흐느적거리며 뒹군다

나를 깨울 알람시계를 잠재우고
불안함이 삭제된 여유로움으로 무르익는 금요일 밤

자정을 건너는 시곗바늘에 한 스푼의 아쉬움을 얹고
깔깔깔 웃는다

웃다가도 울고 울다가도 웃는데
살면서 쪽팔린 거 아무것도 아니라고
박장대소하며 외로움을 버티는 힘을 기른다

선禪

안원찬

상강 지나자

광교산 봉녕사 종각 옆에 쌓여있는 기왓장 밑으로

분주하게 들락거리던 개미들

두문불출이다

팻말, 쉬! 쉬! 하고 있다

무거운 침묵 속 입선인가

가끔 죽비 내리는 소리 고요하다

3부

꽃 같은 날

양태평

아이가 좋아라 하고 나도 웃네
꽃그늘 아래서 환호하는 윤사월
왼종일 꽃비가 내린다

꽃잎이 하롱하롱 춤추는 허방따라
우리 함께 무릉도원 가는 지름길
꽃길 아니 아니런가, 청춘아

무지개 같이 아롱다롱한 생이여
미풍 자락에도 난분분한 봄날
지르밟지 않아도 된단다, 아이야.

매미

유병란

벽과 벽 사이 좁은 화단에 버둥거리는 매미 한 마리

얼마나 오랫동안 뒤집혀 있었는지

날갯짓도 울음소리도 희미하다

캄캄한 땅속에서 지상을 꿈꾸던 매미의 지난 이력

주어진 보름동안의 짧은 시간

저 매미는 짝을 찾고 사랑을 이뤘을까

내 발걸음이 멈추자

온 힘을 다해 날아보려 애쓰지만 허공만 휘저을 뿐

매미의 한생이 허무하게 끝나가는 시간

나도 한때 저렇게 간절한 적 있었다

날 위해 버둥거렸던 시간

얼마나 두 팔을 허우적거렸는지

지금도 생각하면 두 어깨가 뻐근하다

열화정 기와지붕 위 동백은 푸르고

우정연

휘청 늘어진 봄날 햇살 아래
누마루 기둥은 높고 담장 없으니 득량만得糧灣*이
바로 마당이다

조선시대 사대부들의 담소처
열화정에 앉아있는 동백꽃, 청춘이다

이맘때쯤이면,
춘백春栢이라 할만도 하건만
기어코 동백冬栢이라 불리길 바라는 심사

득량만에서 곰실대던 파도가
오후 햇살 받아
한 무리 짐승처럼 밀려드는 은빛 물꽃송이
동백꽃으로 팡 팡 솟아오르고

열화정 검은 기와지붕 위에

한창인 듯 피어있는 동백꽃 한 송이 참,

푸르다

*고흥반도 북서쪽(보성군)에 있는 만뺑

만월

유준화

달이 찔레꽃을 출산했습니다

찔레꽃이 피어도 오지 않았습니다

만삭인 달이 억새꽃을 출산했습니다

억새꽃이 피어도 오지 못했습니다

가시를 잡고 달빛에 물어보는 칠십 년

휴전선 일백오십오마일 철조망에

바람의 뼛가루가 뿌옇게 흩어지는 밤입니다

이제, 남은 시간 없는데

이산가족들 아직도 상봉하지 못하여

눈물의 뼛가루가 뿌옇게 흩어지는 밤입니다

입속에서 새가 운다

유회숙

수식어 없이 쓴 문장
덩굴손이 허공을 감아올리는 창가
환하게 소란스럽다

이 가지에서 저 가지로
소리에 귀를 묻으니 바람으로 흩어지고
마음의 경계 끝 간 데 없이 고요해지고

지문처럼
허공 저 어디쯤 찍혀있을 푸른 문장
입속에서 새가 운다

내 말로
내 모국어로 한 번은 꼭 받아 적고 싶다
자꾸 만져본다

자화상

윤동주

산모퉁이를 돌아 논가 외딴 우물을 홀로 찾아가선
가만히 들여다봅니다

우물 속에는 달이 밝고 구름이 흐르고 하늘이 펼치고
파아란 바람이 불고 가을이 있습니다

그리고 한 사나이가 있습니다
어쩐지 그 사나이가 미워져 돌아갑니다

돌아가다 생각하니 그 사나이가 가엾어집니다
도로 가 들여다보니 사나이는 그대로 있습니다

다시 그 사나이가 미워져 돌아갑니다
돌아가다 생각하니 그 사나이가 그리워집니다

우물 속에는 달이 밝고 구름이 흐르고 하늘이 펼치고
파아란 바람이 불고 가을이 있고
추억처럼 사나이가 있습니다

수선화

윤소암

십이월 제주 수선화는 눈 속 언 땅을

헤치고 솟아나 황금 입술로 대지의 여신과 입 맞추고

옥 같은 손으로 어루만지네

사랑이 아무리 깊다한들

금잔옥배의 수선화만 하리

설한풍 몰아치는 제주대정에

가시덤불에 갇힌 위리안치로

기나긴 옥살이 하던 추사 선생은

도솔천내원궁에서 굽어보시고

대정의 초가 유택 가고 싶네

담장에 솟아난 수선화 천상향기는

얼어붙은 제주사람들 가슴을

뛰게 하는 묘약이라네

마고여신이 보낸 화양연화라네

그곳에 벽이 정말 있기는 했을까

이 경

그곳에 벽이 있다고 했네

만질 수 없어서 부서질 수 없는 벽

마음 없는 새들이 유유히 넘어가고

이념 없는 꽃들이 씨를 날려 보내는데

살아서 못가는 고향이 있다고 하는

그곳에 벽이 정말 있기는 했을까

부추꽃

이경숙

흰옷 입고 성묘 가신 울엄니
텃밭에 부추꽃으로 피어나셨나

이른 봄 밀어 올린 새싹은
조부모 밥상에 먼저 올리고
뜯어도 뜯겨도 돋아나는 부추
봄내 여름내 가으내
텃밭 가꾸시는 어머니

칠 남매 젖 물리고 배 불리고
지문이 닳도록 뒷바라지 하시다가
칠순도 맞기 전에 우리 곁을 떠나셨네

옷깃을 여미면서
부추꽃 바라보네

남도보게꽃

이경미

들에 핀 꽃 좀 내비 둬라!

풀 뜯는 소도 보고
날아가는 새도 보고
해 달 바람
남들도 좀 보게

꺾은 들꽃 수북이 품에 안고
마당에 들어서기 무섭게
툭 날아오던 아버지 꾸지람.

때마다 피어나는 들꽃,
이름 아는 것이나
이름 모르는 것이나
그때부터 나에게
세상 모든 들꽃 이름은
남도보게꽃

남도 보게

남도 보게

올해도 못 미더운 아버지 마음이

무덤가에 흐드러지게 피었다.

고추장 단지

이경수

오지 않는 잠을 자려다 말고
냉장고 청소를 했다
칸칸이 쌓여 있는 반찬통들
꺼내놓고 보니 거실 바닥 한가득하다

맨 아래 칸 깊숙이 틀어박혀 있는
자줏빛 플라스틱 통 하나
느릿느릿 끌려 나오는 묵직함
생전에 친정엄마가 담아 주신 고추장이다

어쩌면 이것이 마지막일 게다
어여 차에 실어라 하시며
손에 들려주셨던 유언 같은 고추장

산그늘 내린 동구 길을 돌아 나오며
꽃 떨어진 텅 빈 대궁처럼
바람의 눈물이 가슴을 건너갔다

깊은 밤

별의 그림자가 얼음조각처럼 부서지며 지나갔고

달의 뒷모습이 희미해질 때까지

고추장 단지를 끌어안고 있었다

오래전에 떠나간

엄마의 녹슨 계절을 깨끗이 닦아

다시 냉장고 깊이 넣어 두었다

붉은, 동백

이민자

뒤는 돌아보고 싶지 않아
바닥을 보고 말았어
다 피우지 못하고 떨어진 동백 핏빛이었어

동백은 붉은 이야기를 안고 뒹굴고 있어
꽃 모가지들이 모였다가 짓밟히고
구석으로 몰려가 문드러지고
기억 저편으로 밀려간 파도
한동안 눈앞이 뿌옜어

나는 그때 동백보다 젊은 나이였어
동백이 나를 모르는 것처럼
아무도 나를 읽지 못했어

동박새만 다녀가도 꽃을 앓는 나무
때를 기다리고 있어
파도가 칠 때마다 꽃 한 송이 피우는

붉은 핏물이 다 빠질 때까지

싹 하나

이민희

마른 등걸마다 찾아다니며 번져가던 여린 싹
끌어주고 밀어 주며 곳곳을 적셔갔다네

너는 고목을 적셔주는 단비
메말랐던 허공에 연 하나 띄우네

봄 눈 피해 살금살금
비 사이로 자박자박
어느새 마음 언저리로 다가와 톡톡 건드리네

묵은 둥치에서 드디어 피워낸 싹 하나

구름으로 너를 데려 왔으니
바람으로 나 건너가려네

제비꽃의 말

이서연

어쩌다 그랬을까 후회가 고여 들 때
아래를 보게 하는 보라꽃이 인사한다
마음을 낮춰 가는 눈빛 깊어가는 거라고

무엇을 해 왔을까 기억이 작아질 때
미소로 보여 주는 여린 몸짓 당당하다
뿌려온 詩들의 꽃들 들판 가득 폈다고

마가렛 선물

이석정

하얀 마가렛꽃이 핀
공원의 아침은

이 아침은
눈같이 곱다

새롭고 젊다
까닭 없이 이 아침은

이 아침을 처음처럼 네가
맞이했다면

네 것이다 이 아침은
바로 지금

신체포기각서

이소영

대출받은 사랑을 기한 내 변제하지 못해
계약서에 사인한 대로 오늘 이 시각부터
신체에 대한 모든 권리를 당신에게 양도합니다

남은 기간 두 눈은 당신만을 바라보고
양손은 언제나 당신 손만 잡을 것이며
심장은 늘 당신만을 향해 뛸 것을 약속합니다

노란 꿈의 봄

이아영

율곡로 꽃샘 길 담벼락에
샛노란 비단을 풀어놓는다
겨우내 설한풍 견뎌낸 봄의 전령사
황사 바람 등 위로 햇살이 잔걸음 친다
여섯 꽃잎 살가운 두레 밥상 앞에
희망이란 꽃말처럼 길이 환하다
가던 길을 멈추고 너에게 묻고 싶다
천둥 번개 폭우에 온몸 다 맡기고
얼마나 뒹굴어야 저리 둥글고 부드러워질까?
나는 너를 백지처럼 사랑하고 싶다

그냥 두고 왔어요

이원희

뜨거운 유골함 품에 꼭 끌어안고

매미 울음도 슬픈 괴산 먼 호국원에

당신만 살며시 놓고 지름길로 왔네요

교목喬木

이육사

푸른 하늘에 닿을 듯이
세월에 불타고 우뚝 남아 서서
차라리 봄도 꽃피진 말아라

낡은 거미집 휘두르고
끝없는 꿈길에 혼자 설레이는
마음은 아예 뉘우침 아니라

검은 그림자 쓸쓸하면
마침내 호수 속 깊이 거꾸러져
차마 바람도 흔들진 못해라

꾼들의 세상

이형근

귀한 손들이 줄줄이

갓 쓰고 도포자락 휘감고

우판은 오광에 먹방으로

좌판은 흑싸리에 피방으로

고 고 고 쓰리고에 피박까지

물처럼 흐르는 거이 판법 아니오

객꾼들이 쌍심지 켜고 있으니

뽀찌를 챙겨줘야 설사 안 한다, 아니가

판쓰리 타짜들—

참말로 개판에 이판이나 사판이나

딴 놈은 한 놈도 없으렷다

흔들어 놓고, 못 먹어도 고

4부

미륵사 절터

이혜선

깨져 이끼 낀 기왓장 위에 앉아

오래 놀던 적막이

바람을 깨운다

설핏 깨어난 구름

목이 긴 망초꽃 간질이며 노는 햇살 옆구리에

부처님

그림자 하나 떨구고 간다, 어제처럼

비우다

이희국

가을이
몸을 비우고 있다

나무들도 점점 가벼워지고 있다

높고 짙푸른 하늘
허공의 부피가 커졌다

용서하고 사랑만 하기에도
아쉬운 계절

시간은 뒤를 돌아보지 않는다

흰 옷 입고 찾아올 겨울 손님을
가벼이 마중하기 위해
쌓였던 마음의 때 한 꺼풀 비우고 있다

오늘도 미련 한 묶음
내려놓았다.

해탈

일 선

단풍의 절정에 이르러
매달린 손 놓아 버리고
한걸음 더 나아가니
온통 우주는 광활 하구나

바람 따라 구르고 구르다가
허공 아득히 날아오르고
날 저물도록 놀다가
저녁 종소리에
지장전 뒤에 내려앉았나니

지옥세계 무너지고
만다라 수를 놓았네

우화羽化

임솔내

속이 비었다
저 투명하고 충만한 빛,

칠흑 같은 흙덩이 면벽하고
음 고루며 겹겹의 하안거 동안거
지하 수 십 길 낭떠러지의 암자
모시수의처럼 텅 비어서도 꿈에게 바친 날들이
달디 단 것일까
저토록 부신 무채색의 집 한 칸

후-욱 불면 날을 듯이 홀홀하고 환한
이 한 순간이
나, 한 평생이 걸릴지도 모르겠다

* 번데기가 날개 있는 엄지벌레로 변하는 것

저 단풍

임술랑

한 생각만 하기에도 너무 벅차네
저 단풍
빨갛게 물이 들었네
이대로 갈 길이 너무 멀다면
아 생각을 생각을
생산치 말자
관세음 관세음 관세음보살
천 가지 만 갈래
흩어진 심사心思
갈 길은 한 길이면 그저 족하여
무상無常의 빛
붉은 색동
단풍丹楓이라네

가을비

임완숙

나뭇잎 뒤 작은 벌레
겨울날 채비는 다 되었을까

추위와 두려움에
파르르 떠는
여린 목숨들

젖은 낙엽 위로
산딸나무 붉은 열매를
툭!
떨군다.

컵

장유정

이잉
귀가
달려 있다

앗! 뜨거,

소리에 놀라
귀를 바짝 잡고

아, 매워!

한마디에 혀 내밀고
귀를 쫑긋하는

한쪽으로도 참,
잘 들리나 보다

가을을 머물게 해주오

전성재

사랑을 그리는 가을은 수채화다

누구를 만날까 누구를 그릴까

두근거리는 캠퍼스를 노랗게 물들이는 화가가 된다

사색을 즐기는 가을은 풍요로움이다

사랑의 바이런, 그리움의 워즈워드를 만나고

자신을 캐묻는 소크라테스가 된다

추억을 펼치는 가을은 넉넉함이다

만남과 이별의 흔적을 달래고

기쁨과 슬픔을 되새김하는 성숙한 자아를 만든다

그리움을 만나는 가을은 새침떼기다

대상이 있으나 없으나 실룩대는 가슴으로

해질녘 낙엽과 함께 가슴을 물들인다.

녹명鹿鳴*

전인식

소리가 들리는 곳으로
잠자리보다 더 빨리 내달리던
어느 저녁답을 가져보았는가

식아, 밥 먹자

먼 곳에서 소리가 들려오면
서쪽 하늘은 언제나 뻐얼건 비곗국으로 붉어왔지
벌레들은 돌담 속으로 기어들고
나비들 꽃잎 뒤로 거처를 정하는
모두가 순해지는 시간

식아, 밥 먹자

어둑해지는 뒷산 기슭에서도
새순 보드라운 풀밭으로
어린 것들 불러내는 어미 소리 들려오곤 했지

때로는 그 소리에 개밥바라기별이 먼저

우물가로 달려 나오기도 했지

*1. 풀밭을 발견한 사슴이 함께 뜯자고 동료를 부르는 소리.
 2.『시경詩經』소아小雅의 편명인 녹명鹿鳴, 임금이 신하를 불러 향응饗應함에 비유.

들고양이

정금윤

하얗게 눈 쌓여
꽁꽁 얼어붙은
법당 가는 새벽길

어느새
따박따박 일렬로
길을 내고 갔다

돌다리 흔들릴까
앞서 디뎌놓고
손잡아주듯

동글동글 손길이
울타리 따라
길게 녹여 놓았다

십만 평의 들꽃

정복선

선물은 늘 형이상학이다
태어남부터 지금까지 총총 빛나는 별자리들이다
온 산 헤맨 신열의 꿈으로 밤새 구워낸 찻잔에
분홍빨강 꽃잎을 따르고 싶을 때,
뜰에 나가보라,
누군가 십만 평의 들꽃을 피웠으니!
가시와 얼음이 버무려진 황토로부터
사무치게 돋아나는 풀빛이름들

삼각 김밥

정영선

바쁜 당신을 위해 간편하게 태어났어요
허리띠 하나 풀면 온몸이 금세 열려요
김치 참치 불고기 전복 우삼겹
입맛대로 당신 허기를 채워드려요

길을 가면서 먹는 길밥이에요
혼자서 먹는 혼밥이에요
먹다가 목이 메는 눈물밥이에요
울분이 치솟는 분노밥이에요

밥은 밥인데
밥상 위에는 한 번도 앉아보지 못한
알고 보면,
참 서글픈 밥이에요

평심의 시간

정은기

치악산 구룡사 앞

수령 200년 넘은 은행나무가

무시로 꽂힌 내 시선과 눈을 맞추며

불경佛經보다 먼저 나를 반긴다

오래도록 발길이 뜸했던 이유를 묻지 않고

무딘 귀를 세우게 하는 풍경소리

손 모으고 들어서면 가득해지는 대웅전

연꽃 되어 고개 숙인 보잘것없는 생은

담지 못했던 소품 하나 챙기듯

고개 숙여 합장하며 삼라만상이 섞인

향불의 포근함을 챙겨 담는다.

가을은 등짝이 없다

조연향

오르던 산길 멈추고 문득 뒤를 돌아보았다 흐르던 시간
멈춘 듯
이 세상에 없는 빛 낯설게 타오르다 사라졌다

거쳐 온 길이 등 보이며 서쪽으로 빠져나가고 있을 때
실눈 뜨면 보이고 들린다 차라리 귀먹고 눈멀면 더 찬
란한 풍경
나 그 길에 단풍 한 잎 묻어 준 적 없고 꽃사태 지던 날
새끼손가락 언약도 잊어버렸지

하늘에 숨은 저 빛이 노둣돌 놓고 간다
빨리 가거나 오르면 저 산성에 닿을까 아직도 멀었을까

혼자서 가라는 말 잊은 채 돌아보면 가을은 등짝도 없
이 멀어져 간다

만인고칙 1
― 착어

조오현

그 옛날 어느 스님이 천하태평을 위하여

부처를 만나면 부처를 죽이고 중을 만나면 또 중을…

결국은 그 방망이에 그도 가고 말았단다.

빗소리 새장

주경림

가을비가 하염없이 내려
빗소리가 하늘에서 땅까지 빈틈없이 금을 그어요
주룩주룩 방음벽을 둘러쳐요

한참을 빗소리에 갇혀있다 보니
비와 비 사이에 틈이 보였어요
눈꼽재기창으로 먹구름이 가득 밀려와요
빗소리 듣는 마음은 들창으로 크게 열려
먹구름을 타고 카시오페이아 별자리까지 날아요

스르륵, 비와 비 사이에
우주가 광활하게 펼쳐져요.

시작하는 젊음에게

진선호

아픔이 살아가는 힘이 되기도 하지만
너무 큰 상처는 입지 않길 바래요.
그 상처가 그대 삶을 지배하지 않도록

강철로 만들어진 그 사람이나
유리로 만들어진 당신이나
말 한마디에도 베이는 건 마찬가지랍니다.
햇살 아래 반짝이는 것도 마찬가지랍니다.

부러지지 말고, 부서지지도 말고
시간 속에 조금씩 단단해져 가도록
혼자 아물 수 있을 만큼만 아프기를 바라요.

더덕향이 깨우는 동화

진준섭

계단을 타고 흐르는 더덕향 찾아
나도 모르게 걷고 있었다

햇살이 잠시 스쳐 가는
빌딩 숲 지하철 입구

할머니는 가끔 쪼그리고 앉아
나무껍질 닮은 손으로
시간을 조금씩 벗겨낼 때면
유년의 기억이
아지랑이처럼 피어올랐다

땡볕 시냇가서 물장구치던 벌거숭이 친구들
넓은 들판 뛰놀다 콩 튀겨먹던 검댕이 얼굴들

아련한 기억이 할머니 얼굴
주름살로 남은 것처럼
그 시절 상큼했던 더덕향은
가슴속 잠자던 동화를 깨우곤 했다

철새

채 들

신은 내가

이 세상에 올 때

욕심 없이 살다가

철이 바뀌면

반드시 돌아오라고

날개를 주셨다

사강에 부는 바람

천도화

짙푸른 산맥을 따라 겹겹이 풀무질로
가슴 뛰게 하는 메아리
음파로 번져간다

윤회의 길 돌아온 불꽃같은 이생
철따라 피고 지는 사강의 언덕에
초록의 소녀는 꽃봉오리 움켜쥐고
설레는 바람을 맞이한다

연리지의 인연이라지만
녹록하지 않은 시절 열어보아도
숨어 우는 바람소리
산자락에 스며드는 봄을 기약하지만

모란 작약 피우는 당신의 뜨락
해질 무렵에 갇힌 사강의 기슭엔
애면글면 종달새 울음 아련해지고
펄펄 끓던 심장을 삼키듯, 노을이 섧구나

5부

우리 동네 목욕탕

천지경

천궁탕이 결국 문을 닫았다

영업을 종료합니다

안내문 나붙고 몇 달이 흘러갔다

운영하던 주인 부부는 어디로 간 건지

각자 돈 벌러 떠났다는 말도 들리고

이혼했을 거란 입방아도 나돌고

길고 거대한 천궁탕 굴뚝

올려볼 때마다 안타까워요

곧 휘청 쓰러질까 봐

스르르 허물어 내릴까 봐

매화나무

청 화

눈이 녹는 산
얼음 밑 물소리 하염없는 날에
내 이 뭣고? 이 뭣고? 할 때마다
창밖의 늙은 매화나무
뾰죽뾰죽 잎이 돋더니,
잎이 돋아 점점 우거진 가지
휘어지고 부러지기도 하더니,
가지를 흔드는 가을바람에
나보다도 먼저
한 소식을 했나 보다
내 이 뭣고? 이 뭣고? 해도
이제는 그 우거진 잎들 다 떨구고
한 잎도 없는 매화나무가 되었으니

명상

최다경

먹구름 같은 머릿속
끊어지지 않는 한 생각, 아니 오만 생각들
모든 것이 환영들
숨이 점점 가늘어지고
머리도 가슴도 멎는다

한밤의 법당엔 따뜻한 빛이 깃든다
눈을 뜨면 항상 그곳에 있는 붓다는
빙그레 웃다가 아름답다가
한낱 불상이었다가 그리고 멈춘다네
마침내 사라진다네

산사의 새벽

최대승

세월의 덫으로는 가늠할 수 없는

청정의 시간

풍경은 어느새

숲으로 달려가고

어디에 나는 살아 빛이 될 수 있을까

개울물 흐르는 소리

붉은 여명 오르는 산마루

동녘은 열리고

심금의 목탁 피안을 간다

내 강물의 깊이

최성진

내 일생 가는 길에 물이 많다고 했다
뿌리가 둥둥 떠다녀 정처 없다고 했지
흙산을 수없이 허물어도 막지 못한다는 말

내 나이 물에 빠지고 흙에도 묻혔었지만
지금껏 지친 걸음 내려놓지 못한 걸 보면
물 많은 내가 감당할 강이 아직 깊구나.

황태

최혜숙

눈비를 선 채로 맞으며

바람에 흔들렸을

아팠던 나날들

악 악 비명을 지르며

참고 참았을 순간들

입을 벌리고서야 황태는 완성됐다

삐삐주전자

최화영

몇 번에 걸쳐 차려진 밥상 식사가 끝나고
이것저것 챙기는 발걸음이 빠져나간 아침

제 자리를 찾아가듯 주방에 선 나는
오늘 문득, 주전자가 된다

몸에 새긴 장미꽃 그 빛을 잃은 지 오래
가스불에 그을린 흔적 문신이 되고,
긁히고 찌그러진 자국이 낯설지 않은

막내딸 시집보낼 때 사주신 삐삐주전자
'잘' 살라던 친정 엄마 말씀은
정답을 알 수 없는 문제로 남아 그 곁을 서성인다

찻물을 올린다
찰랑임은 심연에서 꿈꾸는 것을 흔들고

삐익_삐 고요를 찢는

뜨거운 외침

찻잔에서 빨갛게 젖은 건조된 장미

향기 품으며 꽃잎이 되살아나는

갈꽃의 춤

하순명

흔들리지 않는다 바람 불어도

노을을 끌어다
치렁치렁 머리를 감아 빗고
가슴으로
홀로 창공을 닦고 있다

죽어가는 것들 속에서
금빛 불을 밝히는 드높은 생명
컬컬한 웃음소리

날마다 새로운 기별을 위하여
떨림으로 기도하는
구도자인 듯.

그림자놀이

한명희

호롱불에 어른거리는 그림자놀이
아버지가 손가락을 펼치면
강아지 토끼가 태어났지요
폴짝폴짝 손끝에서 뛰어내리던
내 유년의 친구였어요

고된 삶 다 풀지 못한 손가락 이야기들
그림자도 함께 거두어
훌쩍 떠났지요

이젠 산마루에 올라 지켜보시는
관객도 없는 쓸쓸한 무대

들메꽃 핀 봉분에서
저녁 어스름 산그림자를 떠밀고 있네요

먼데 하늘에 손을 얹어

한성근

바람의 어깨 위로 올라선 무동 타고
찬기운에 흩뿌려진
희미한 온기만 남아돌아

잦아든 그늘 사이로 녹다 남은 잔설도
발품 파는 햇살에
닿을 듯이 헤딤비는데

차례로 앉았던 자리에 비운 만큼 봄눈 슬 듯
먼데 하늘에 손을 얹어
아닌 척 감은 눈뜨는 눈동자
연둣빛 미소 곱다랗게 신호를 보낸다

해당화

한용운

당신은 해당화 피기 전에 오신다고 하였습니다 봄은 벌써 늦었습니다

봄이 오기 전에는 어서 오기를 바랐더니 봄이 오고 보니 너무 일찍 왔나 두려워합니다

철모르는 아이들은 뒷동산에 해당화가 피었다고 다투어 말하기로 듣고도 못 들은 체 하였더니

야속한 봄바람은 나는 꽃을 불어서 경대 위에 놓입니다 그려

시름없이 꽃을 주워서 입술에 대고 "너는 언제 피었니?" 하고 물었습니다

꽃도 말도 없이 나의 눈물에 비쳐서 둘도 되고 셋도 됩니다

모과의 그늘

한이나

한 몸이 푹 썩어야 다른 몸에

새살이 꽃 핀다

내가 앉을 수 있는

꽃그늘이 된다

울음우표

허정열

여름이면 나무들 편지를 쓴다

햇살과 바람의 팽팽한 긴장과 파동에 대해

진열장처럼 서 있는 자신에 대해

왕진하듯 다녀간 수많은 밤에 대해

견뎌온 계절의 빼곡한 언어에 대해

꽃밭에 키다리처럼 서 있던 해바라기 몇 그루

익기도 전에 태풍에 구겨졌다고

매미들 목청 높아진다

칠 년 동안 숙성시킨 접착력 강한 울음

사연도 각각 길고 짧음도 제각각인

은행나무 촉촉한 눈빛으로 쓴 저 무성한 편지들

볕 쨍쨍한 날

일제히 약속이라도 한 듯

매미들 숨 가쁘게 붙이는 울음우표

소슬바람에 전송될 예정이다

소설 3권 인생

해 강

나 어릴 때 어머니는 늘 말씀하셨다
"소설 3권 인생"이었노라고

고된 시집살이,
바람난 남편이 손잡고 온 첩년이 사준 사탕을 들고
헤벌떡 예쁜 아줌마라 좋아했던 어린 나에게
"그년이 좋으면 그년집에 가서 살아" 라고
한처럼 치맛자락 눈물 씻으며
철없는 막내딸에게 화풀이를 하셨다

그렇게 소설 3권 인생을 살다가 흙으로 돌아간
그리운 내 어머니
벚꽃 흐드러지게 피어난 봄이면
습관처럼 나도 되뇌인다

인생 살아보니 나 또한 소설 3권쯤은 거뜬한 삶이었노라고
누구에게나 집필 가능한 시간이었노라고

그러니 어머니! 서러워 마시고

또 만나거든 소설 3권 다시 한번 멋지게 써봅시다

무명을 밝히는 꽃길

현 중

바람에 흔들리며
멋을 뽐내며 향기를 뿜는
수없이 많은 色의 향연

본래의 깨끗하고
淸淨覺相 그대로의 모습
우리의 본래 모습이런가

꽃을 보는 내 마음이 다른 건지
보지 않는 그 마음이 다른 건지
대승의 발심이 필요한 것을 모르네

장엄한 설법의 진수를 펴시며
꽃을 공양 받으신 님께서는
華嚴經에 꽃으로 이름하여
무명을 깨우셨네

一心의 꽃을 다 같이 피우기 위하여

이 가을 마음의 문을

열어 보여야 하지 않을까

무상無常

홍성란

풀이 그 말을 함께 들었으니

어린 박태기나무 자주 꽃 피라고

자주 꽃 어서 피라고 절하며 하던 말

남들 지나치듯 그냥 가지 못하여

예초기 휩쓴 자리 오래 서성였으니

손 놓고 어찌할 바를 한 삼 년 몰랐으니

소나기

홍숙영

그의 유전자는 이별이다

떠나는 길마다 알 수 없는 선을 긋고

허공에 표정 던지는 투명한 거절이다

한때는 온몸으로 가는 길 막았지만

휘발도 되기 전에 잊어야 할 몸짓

잠잠히 견뎌야 하는 속정俗情으로 남았다

느리게 기억 지우는 절집은 정갈한데

처음 자리 어디일까 갈마드는 기억들

보내도 보내지 못한 나는

오늘도

풍경으로 울겠다

막걸리 여행

홍의선

천오백 원 막걸리 여행
온몸 구석구석까지
천오백 갈래로 뻗친다

맨정신으로 가보지 못한 곳곳
그 속에 갇힌 응어리 들추며
찌꺼기 걷어낸다

안경

황우상

날은 아직 어두워도
유리알은 맑게 닦자.

조금은 이지러졌어도
새벽달 저기 있고

행여나 아는 별자리 하나
보일지 누가 알랴!

빨다

황정산

밤길 차창에

날벌레들이 부딪는다

소리도 미동의 충격도 없다

다만 몸을 빨아 죽음을 기록한다

날았던 한 순간을 사선을 그어 증명한다

차창을 움켜쥔 글자들이 쉬이 지워지지 않는다

알약을 빨으며 일몰 후 해상박명을 떠올리다

유봉유발을 두고 시인이 된 사람이 있다

그가 빨은 것들이 엉겨 글자가 된다

아니 빨아져 글자가 되지 못한다

빨아져 다시 빨는다

모두 빨다

불교문예작가회 사화집 005

카시오페이아 자리

초판 1쇄 발행   2023년 10월 20일

지은이   문혜관 외
발행인   문병구
편 집   구름나무
디자인   쏠트라인
펴낸곳   불교문예출판부

등록번호   제312-2005-000016호(2005년 6월 27일
주   소   03656 서울시 서대문구 가좌로2길 50
전화번호   02) 308-9520
전자우편   bulmoonye@hanmail.net

ISBN   978-89-97276-74-5 03810